住进布达拉宫，我是雪域最大的王。
流浪在拉萨街头，我是世间最美的
情郎。

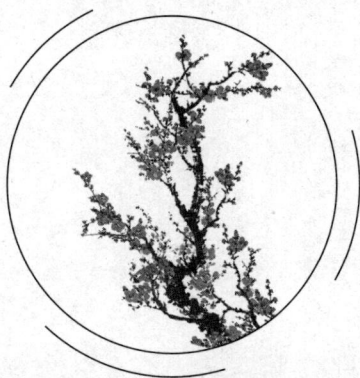

名家名作·诗文经典

Cang Yang Jia Cuo Shi Xuan

仓央嘉措 著

藏传佛教史上受人珍爱的上师
三百年间倾倒众生的诗文传奇

仓央嘉措诗选

民主与建设出版社
·北京·

© 民主与建设出版社，2019

图书在版编目（CIP）数据

仓央嘉措诗选 /（清）仓央嘉措著；凌翔主编 . --
北京：民主与建设出版社，2019.7（2024.5重印）
　ISBN 978-7-5139-2485-6

Ⅰ . ①仓… Ⅱ . ①仓… ②凌… Ⅲ . ①古典诗歌－诗
集－中国－清代 Ⅳ . ① I222.749

中国版本图书馆 CIP 数据核字（2019）第 084199 号

仓 央 嘉 措 诗 选
CANG YANG JIA CUO SHI XUAN

出 版 人　李声笑
著　　者　（清）仓央嘉措
主　　编　凌　翔
责任编辑　刘树民
封面设计　黄　辉
出版发行　民主与建设出版社有限责任公司
电　　话　（010）59417747　59419778
社　　址　北京市海淀区西三环中路 10 号望海楼 E 座 7 层
邮　　编　100142
印　　刷　三河市兴达印务有限公司
版　　次　2019 年 7 月第 1 版
印　　次　2024 年 5 月第 2 次印刷
开　　本　880mm × 1230mm 1/32
印　　张　10
字　　数　200 千字
书　　号　ISBN 978-7-5139-2485-6
定　　价　59.80 元

注：如有印、装质量问题，请与出版社联系。

目录

一、在那东山的顶上

在那东山的顶上，
升起了皎洁的月亮，
母亲般情人的面庞，①
时不时在我的心上浮现。

---

① 原文为"玛吉阿玛"，有人译为"少女""佳人""未生娘"，我们认
为译为"像母亲一样的少女""如母众生""母亲般情人"更为准确。

附一：

从东边的山尖上，

白亮的月儿出来了。

"未生娘"的脸儿，①

在心中已渐渐地显现。

（于道泉　译）

　　注：于道泉是山东临淄人。可以这样说，没有于道泉，就没有仓央嘉措这位有名的诗人，1924 年，在北京学习梵文和藏文的于先生对藏文产生了极浓的兴趣，结识了达赖喇嘛派驻北京的几名藏族僧官，并和他们做了邻居。相处中，于先生读到一本《仓央嘉措》的藏文书，大感兴趣，于是把它译为汉文。1930 年正式出版。正因为有了于道泉的译文，从此，仓央嘉措的诗在国内流行开来，引起了人们对仓央嘉措的关注。为让读者准确理解仓央嘉措的诗歌，我们把于道泉以及曾缄、刘希武三人所有的译文附录在这本书中，加深大家对仓央嘉措诗歌的理解。

---

　　①"未生娘"系直译藏文之 ma-skyes-a-ma 一词，系"少女"之意。

附二：

心头影事幻重重，
化作佳人绝代容，
恰似东山山上月，^①
轻轻走出最高峰。

（曾缄　译）

注：曾缄是四川叙永人，他从北京大学毕业后，到蒙藏委员会工作，他其实不懂藏语，但他认为于道泉先生的译文没有把仓央嘉措的诗味表达出来，所以，他在于道泉译本的基础上，发挥他古典文学造诣深的优长，对仓央嘉措的作品进行了七绝体翻译。

———————

① 此言情影之来心上，如明月之出东山。

附三：

明月何玲珑，

初出东山上；

少女面庞儿，

油然萦怀想。

（刘希武　译）

注：刘希武先生是四川江安县人，毕业于北京大学，1939 年，他从学者黄静渊先生处获得一本藏英文《罗桑瑞晋仓央嘉措情歌》，很喜欢，但他对仓央嘉措的认识比较偏颇，认为仓央嘉措是一个风流活佛，所以，其译本文字较"艳"。

二、去年栽种的禾苗

去年栽种的禾苗，

今年已长成了秸秆；

青年衰老后的身躯，

比南弓还要弯曲。①

---

① 南弓是指藏南生产的弓箭。历史上，藏南、不丹等地盛产良弓，有人认为，仓央嘉措出生在藏南，此诗为他的自喻诗，自比自己像南弓。

附一：

去年种下的幼苗，
今岁已成禾束；
青年老后的体躯，
比南方的弓还要弯。[①]

（于道泉　译）

[①] 西藏制弓所用的竹子，大多来自西藏南方及不丹等地。

附二：

转眼苑枯便不同，

昔日芳草化飞蓬，

饶君老去形骸在，

变似南方竹节弓。[①]

（曾缄　译）

---

① 藏南、不丹等地生产的弓箭，大多用竹制造。

附三：

去岁种禾苗，
今年未成束，
韶华忽衰老，
伛偻比弓曲。

（刘希武　译）

三、我那心爱的人儿

我那心爱的人儿，
若是能白头偕老，
就会像从大海深处，
捞出来的奇珍异宝。①

————

① 此诗表达了人们对白头偕老的渴望，认为情人之间恩爱一生，像从大海深处捞出来的奇珍异宝一样，少之又少！值得十分珍惜。

附一：

自己的意中人儿，
若能成终身的伴侣，
犹如从大海底中，
得到一件珍宝。

（于道泉　译）

附二：

意外娉婷忽见知，
结成鸳侣慰相思，
此身似历茫茫海，
一颗骊珠乍得时。

（曾缄　译）

附三：

倘得意中人，
长与共朝夕，
何如沧海中，
探得连城璧。

（刘希武　译）

四、路上偶遇的少女

路上偶遇的少女，
散发出醉人的芳香。
恰似洁白的松石，^①
拾起来又抛到路边。

---

① 松石，是藏族群众喜欢的一种宝石，西藏人认为松石有避邪护身的
作用，生活中，人们常常从路边捡起一枚美丽的石头，把玩之后又随手丢
弃，有时候，丢弃的很可能是一枚珍贵的白松石。该诗告诉人们，别轻易放
弃身边的爱人，别轻易放弃一段爱情。

附一：

邂逅相遇的情人，

是肌肤皆香的女子，

犹如拾了一块白光的松石，^①

却又随手抛弃了。

（于道泉　译）

---

①"松石"乃是藏族群众最喜欢的一种宝石，名贵的松石价值数千元。在西藏有好多人相信好的松石有避邪护身的功用。

附二：

邂逅谁家一女郎，
玉肌兰气郁芳香。
可怜璀璨松精石，
不遇知音在路旁。

（曾缄　译）

附三：

邂逅遇佳人，

肌肤自香腻。

方幸获珍珠，

转瞬复捐弃。

（刘希武　翻译）

五、高官贤达家的千金

高官贤达家的千金，

有着娇艳的容貌，

就像熟透的果子，

高高地挂在树枝上。

附一：

伟人大官的女儿，
若打量伊美丽的面貌，
就如同高树的尖儿，
有一个熟透的果儿。

（于道泉　译）

附二：

名门娇女态翩翩，

阅尽倾城觉汝贤，

比似园林多少树，

枝头一果娉鲜妍。[①]

（曾缄　译）

---

① 最后一句以枝头果状伊人之美，颇为别致。

附三：

侯门有娇女，
空欲窥颜色。
譬彼琼树花，
鲜艳自高立。

（刘希武　译）

六、心儿跟着她去了

心儿跟着她去了，
夜里难以入眠。
白天没能赢得芳心，
让我意志消沉！

附一：

自从看上了那人，
夜间睡思断了。
因日间未得到手，
想得精神累了吧！

（于道泉　译）

附二：

一自消魂那壁厢，
至今寤寐不断忘。
当时交臂还相失，
此后思君空断肠。

（曾缄　译）

附三：

自从见佳人，

长夜不能寐，

相见不相亲，

如何不憔悴。

（刘希武　译）

七、花期已经过了

花期已经过了，
蜜蜂儿别再惆怅。
既然缘分已到尽头，
何必枉自烦恼。

附一:

花开的时节已过,
松石蜂儿并未伤心;①
同爱人的因缘尽时,
我也不必伤心。

（于道泉　译）

---

① 据说西藏有两种蜜蜂,一种黄色的叫作黄金蜂（gser-sbarng）,一种蓝色的叫作松石蜂（gyu-sbrang）。

附二：

我与伊人本一家，
情缘虽尽莫咨嗟。
清明过了春归去，
几见狂蜂恋落花。

（曾缄　译）

附三：

已过花朝节，
黄蜂不自悲，
情缘今已断，
何用苦哀思。

（刘希武　译）

八、芨芨草上堆满的白霜

芨芨草上堆满的白霜，

还有那带来寒风的使者，

就是它们两个，

把蜂儿和花朵拆散了。

附一：

草头上严霜的任务，^①
是作寒风的使者。
把鲜花和蜂儿拆散的，
一定就是它啊。

(于道泉　译)

---

① 首句意义不甚明了，原文中 rtsi-thog 一字乃达斯氏《藏英字典》中所无。在库伦印行的一本《藏蒙字典》中有 rtstog 一字，译作蒙文 tuemuesue（禾）。按 thog 与 tos 本可通用，故 rtsi-tog 或即 rtsi-thog 的另一拼法。但是将 rtsi-thog 解作字，这一行的意义还是不明。最后于道泉将 rtsi 字当作 rtswahi 字的误写，将 kha 字当作 khag 字的误写，乃勉强译出。这样办好像有点过于大胆，不过他没有别的办法能使这一行讲得通。

附二：

青女欲来天气凉，
蒹葭和露晚苍苍。
黄蜂散尽花飞尽，
怨杀无情一夜霜。[①]

（曾缄　译）

---

① 意谓拆散蜂与花者霜也。

附三：

皑皑草上霜，

翔风使之来，

为君遽分散，

蜂花良可哀。

（刘希武　译）

九、野鸭爱上了芦苇

野鸭爱上了芦苇，

想多停留一会儿。

一旦湖面结满了冰，

叫我心生寒意。①

---

　　① 此诗是说，野鸭在合适的季节贪恋栖息的芦苇荡，一旦错过迁徙的时节，寒冬来了后，湖面结冰，野鸭就无法迁徙了，只能面对寒冷。意指人追求快乐没有错，但一旦过了界，烦恼和痛苦就会一个个地来到。

附一：

野鹅同芦苇发生了感情，
虽想少住一会儿。
湖面被冰层盖以后，
自己的心中实乃失望。

（于道泉　译）

附二：

飞来野鹜恋丛芦，
能向芦中小住无，
一事寒心留不得，
层冰吹冻满平湖。

（曾缄　译）

附三：

野鹅恋芦荻，
欲此片时立，
湖面结层冰，
惆怅情何极。

（刘希武　译）

十、渡船身子里没情肠

渡船身子里没情肠，
但马头却一直看向后方；^①
负心的人儿离去了，
却不回头看我一眼。

---

① 西藏的木船前面，大多刻有一个马头，面向船尾。

附一：

渡船虽没有心，①
马头却向后看我。
没有信义的爱人，
已不回头看我。

(于道泉　译)

---

　　① 西藏的船一般有两种：一种叫作 ko-ba 的是用皮做的，只在顺流下行时用。因为船身很轻，到了下游后撑船的可以走上岸去，将船背在背上走到上游再载着客或货往下游航行。另一种叫作 gru-shan，是木头做的，专做摆渡用。这样的摆渡船一般都在船头上安一个木刻的马头，马头都是安作向后看的样子。

附二：

莫道无情渡口舟，
舟中木马解回头。[①]
不知负义儿家婿，
尚解回头一顾不。

（曾缄　译）

附三：

野渡舟无知，
马头犹向后，
独彼负心人，
不我一回首。

（刘希武　译）

十一、集市上碰到一位姑娘

集市上碰到一位姑娘，
两人立下海誓山盟。
却像花蛇盘成的同心结，
没碰到它就自动开了。

附一：

我和市上的女子，
用三字作的同心结。
没用解锥去解，
在地上自己开了。

（于道泉　译）

附二：

游戏拉萨十字街，
偶逢商女共徘徊。
匆匆绾个同心结，
掷地旋看已自开。

（曾缄　译）

附三：

我与城市女，
共作同心结。
我未解同心，
何为自开裂。

（刘希武　译）

十二、为恋人祈福的幡儿

为恋人祈福的幡儿，
插在柳树的边上；
看守柳树的哥哥呀，
请不要用石头打它。

附一：

从小爱人的"福幡",①
竖在柳树的一边。
看柳树的阿哥自己,
请不要向上抛石头。

（于道泉　译）

---

① 在西藏各处的屋顶和树梢上边都竖着许多印有梵、藏文咒语的布幡,
叫作 rlung-bskyed 或 dar-lcog。藏族群众以为可以借此祈福。

附二：

长干小生最可怜，
为立祥幡傍柳边。
树底阿哥须护惜，
莫教飞石到幡前。[1]

（曾缄　译）

---

[1] 此诗可谓君子之爱人也，因及于其屋之幡。

附三：

伊人竖福幡，

祈祷杨柳侧。

寄语守树儿，

投石勿高掷。

（刘希武　译）

十三、黑笔写出的字迹

黑笔写出的字迹，

水一冲就模糊不清；

刻在内心的图画，

怎么也不会擦掉。

附一：

写成的黑色字迹，

已被水和雨滴消灭；

未曾写出的心迹，

虽要拭去也无从。

（于道泉　译）

附二：

手写瑶笺被雨淋，
模糊点画费探寻。
纵然灭却书中字，
难灭情人一片心。

（曾缄　译）

附三：

黑字已书成，
水滴即可灭，
心字不成书，
欲拭安可得。

（刘希武　译）

十四、盖在纸上的黑印

盖在纸上的黑印，
它不会倾吐衷肠。
请把信义的黑印，
刻在彼此的心上。

附一：

嵌的黑色的印章，
话是不会说的。
请将信义的印儿，
嵌在各人的心上。

（于道泉　译）

附二：

小印圆匀黛色深，^①
私钳纸尾意沉吟。
烦君刻画相思去，
印入伊人一寸心。

（曾缄　译）

---

① 藏人多用圆印，其色作黛绿。

附三：

佩章印黛痕，

默默不可语。

请将义与诚，

各印深心处。

（刘希武　译）

十五（上）、枝繁叶茂的哈罗花

枝繁叶茂的哈罗花，

如果把它拿去做供品，

也请把我这充满活力的蜂儿，

一起带到佛堂去吧。

附一：

有力的蜀葵花儿，

你若去作供佛的物品，

也将我年幼的松石蜂儿，

带到佛堂里去。

（于道泉　译）

附二：

细腰蜂语蜀葵花，
何日高堂供曼遮。①
但使侬骑花背稳，
请君驮上法王家。

（曾缄　译）

---

① 曼遮，佛前供养法也。

附三：

君如折葵花，
佛前常供养，
请将我狂蜂，
同带佛堂上。

（刘希武　译）

十五（下）、铭刻在心底的姑娘

铭刻在心底的姑娘啊，

若要离开我去修法；

年少的我也一定要，

跟随着你的脚步到山里去。

附一：

我的意中人儿，
若是要去学佛，
我少年也不留在这里，
要到山洞中去了。

（于道泉　译）

附二：

含情私询意中人，
莫要空门证法身。
卿果出家吾亦逝，
入山和汝断红尘。

（曾缄　译）

注：此上二诗，于本分之为二，言虽出家，亦不相离。前诗葵花，比
意中人，细腰蜂所以自况也。其意一贯，故前后共为一首。

附三：

倘我意中人，
绣佛青灯屋，
我亦无留连，
遗世避空谷。

（刘希武　译）

十六、我想去大德喇嘛那

我想去大德喇嘛那，
请求告诉我人生的方向，
可心儿却不由自主，
飞跑到情人那边。

附一：

我往有道的喇嘛面前，
求他指我一条明路。
只因不能回心转意，
又失足到爱人那里去了。

（于道泉　译）

附二：

至诚皈命喇嘛前，
大道明明为我宣。
无奈此心狂未歇，
归来仍到那人边。

（曾缄　译）

附三：

我过高僧前，
求指光明路，
尘心不可转，
又往情人处。

（刘希武　译）

十七（上）、念想上师面孔时

念想上师面孔时，

上师的模样难出现；

不去想情人样子时，

俏影却能清晰浮现。

附一：

我默想喇嘛的脸儿，
心中却不能显现；
我不想爱人的脸儿，
心中却清楚地看见。

（于道泉　译）

附二：

入定修观法眼开，
乞求三宝降灵台；
观中诸圣何曾见，
不请情人却自来。

（曾缄　译）

附三：

我念喇嘛容，

百思不能记；

我不念情人，

分明入梦寐。

（刘希武　译）

十七（下）、想她想得难放下

想她想得难放下，
倘若这样去修法，
任何人一生一世，
肉身肯定都能成佛。

附一：

若以这样的精诚，

用在无上的佛法，

即在今生今世，

便可肉身成佛。

（于道泉　译）

附二：

静时修止动修观，
历历情人挂眼前。
肯把此心移学道，
即生成佛有何难。

（曾缄　译）

注：以上二诗亦为一首，于分为二。藏中佛法最重观想，观中之佛菩
萨，名曰本尊，此谓观中本尊不现，而情人反现也。昔见他本情歌二章，余
约其意为蝶恋花词云："静坐焚香观法像，不见如来，镇日空凝想。只有情
人来眼上，亭亭铸出娇模样。碧海无言波自荡，金雁飞来，忽露惊疑状。此
事寻常君莫怅，微风皱作粼粼浪。"前半阕所咏即此诗也。

十八、水晶山顶的雪水

水晶山顶的雪水，

铃铛子叶尖的露珠，^①

加上甘露做的曲子，^②

空行女酿造的酒，^③

一边发着圣誓一边喝下，

就一定不会走进恶途。

---

① 铃铛子，又名藏茄、山莨，是一种多年生宿根草木，生于海拔
3200—4200米的草坡、山地溪旁，主要分布在云南西北部及西藏东南部，
印度、尼泊尔、不丹、锡金亦有分布，其根和种子均可药用，有抗痉挛和止
痛作用。

② 雪水、露珠、甘露以及空行女酿的酒被藏族群众认为是圣洁之物，
喝下它们，在六道轮回中就不会堕入恶途。

③ 空行女：在西藏的传说中，空行女是绝世美女，此处有"智慧"
之意。

附一：

洁净的水晶山上的雪水，

铃荡子上的露水，①

加上甘露药的酵"所酿成的美酒"，

智慧天女当垆。②

若用圣洁的誓约去喝，

即可不遭灾难。

（于道泉 译）

---

①"铃荡子"，藏文为 klu-bdud-rde-rje，因为还未能找到它的学名或英文名，所以不知道是什么样的一种植物。

②"智慧天女"，原文为 Ye-shes-mkhah-hgro，乃 Ye-shes-kyi-mkhah-hgro-ma 之略。Ye-shes 意为"智慧"，mkhah-hgro-ma 直译为"空行女"。此处为迁就语气，故译作"智慧天女"。按 mkhah-hgro-ma 一词在藏文书中都用它译梵文之 dakini 一字，而 dakini 在汉文佛经中译音作"厂茶吉泥"，乃是能盗食人心的夜叉鬼。在西藏传说中，"空行女"即多半是绝世美人。在西藏故事中常有"空行女"同世人结婚的事，和汉族故事中的狐仙颇有点相似。普通藏族群众常将"空行女"与"救度母"（sgrol-ma）相混。

附二：

醴泉甘露和流霞，

不是寻常卖酒家。

空女当垆亲赐饮，^①

醉乡开出吉祥花。

（曾缄　译）

---

① 空行女是诸佛眷属，能福人。

附三：

山雪调草露，
香冽成美酒，
天女且当垆，
饮罢愁何有。

（刘希武　译）

十九、否极泰来的时候

否极泰来的时候，

祈福许愿的风幡升起，

一定会有贤淑的少女，

请我去她家赴宴。

附一：

当时来运转的际会，

我竖上了祈福的宝幡。

就有一位名门的才女，

请我到伊家去赴宴。①

（于道泉　译）

---

① 这一节乃是极言宝幡效验之速。

附二：

为竖幡幢诵梵经，
欲凭道力感娉婷。
琼筵果奉佳人召，
知是前朝佛法灵。

（曾缄　译）

附三：

福幡立中庭，
果尔降荣幸。
名姝设华筵，
召我伊家饮。

（刘希武　译）

二十、露着雪白的牙齿微笑

露着雪白的牙齿微笑，

把座位间普遍看了一遍；

羞涩的眼皮流转之处，

是那青春的少年脸庞。

附一：

我向露了白齿微笑的女子们的
座位间普遍地看了一眼，
一人羞涩的目光流转时，
从眼角间射到我少年的脸上。

（于道泉　译）

附二:

贝齿微张笑靥开,
双眸闪电座中来。
无端觑看情郎面,
不觉红涡晕两腮。

(曾缄 译)

附三：

座中有一女，
皓齿复明眸，
含笑偷觑我，
羞情眼角流。

（刘希武　译）

二十一、问下仰慕的人儿

问下仰慕的人儿，
能不能成为亲密伴侣?
姑娘说：除非死别，
活着就永远不分离!

附一：

因为心中热烈的爱慕，
问伊是否愿做我的亲密的伴侣。
伊说：若非死别，
决不生离。

（于道泉　译）

附二：

情到浓时起致辞，

可能长作玉交枝？

除非死后当分散，

不遣生前有别离。

（曾缄　译）

注：前二句是问词，后二句是答词。

附三：

情痴急相问，
能否长相依？
伊言除死别，
决不愿生离。

（刘希武　译）

二十二、如果听从了恋人的心愿

如果听从了恋人的心愿，

今生就会和佛法隔绝；

如果到深山长谷去修行，

那又违背了爱人的宿愿。

附一：

若要随彼女的心意，

今生与佛法的缘分断绝了；

若要往空寂的山岭间去云游，

就把彼女的心愿违背了。

（于道泉　译）

附二：

曾虑多情损梵行，
入山又恐别倾城。
世间安得双全法，
不负如来不负卿。

（曾缄　译）

附三：

我欲顺伊心，
佛法难兼顾；
我欲断情丝，
对伊空辜负。

（刘希武　译）

二十三、工布小伙子的心儿

工布小伙子的心儿，[①]
像蜜蜂闯进了蜘蛛网。
和情侣缠绵了三日，
又要去皈依佛法。

---

① 工布，是西藏南方在吐蕃时的地名，包括今林芝、工布江达及米林等县，有着丰富的森林及铁矿资源，以及优越的农耕和居住条件。

附一：

工布少年的心情，

好似拿在网里的蜂儿。

同我做了三日的宿伴，

又想起未来与佛法了。[①]

（于道泉　译）

[①] 这一节是一位女子讥讽伊的爱人工布少年的话，将拿在网里的蜂儿之各处乱撞，比工布少年因理欲之争而发生的不安的心情。工布（kong-po）乃西藏地名，在拉萨东南。

附二：

绝似花蜂困网罗，
奈他工布少年何。
圆成好梦才三日，
又拟将身学佛陀。

（曾缄　译）

附三：

工布有少年，
性如蜂在网，
随我三日游，
又作皈依想。

（刘希武 译）

二十四、你这情定一生的伴侣

你这情定一生的伴侣，

倘若负心弃约，

姑娘头顶上的松石，

它也默默不言。

附一：

终身伴侣啊，

我一想到你，

若没有信义和羞耻，

头髻上戴的松石，

是不会说话的啊！[①]

（于道泉　译）

[①] 这一节是说女子若不贞，男子无从监督，因为能同女子到处去的，只有伊头上戴的松石。

附二：

别后行踪费我猜，
可曾非议赴阳台。
同行只有钗头凤，
不解人前告密来。①

（曾缄　译）

---

① 此疑所欢女子有外遇而致恨钗头凤之缄口无言也。原文为髻上松石，今以钗头凤代之。

附三：

念我同衾人，
是否长贞节，
宝钗虽在头，
默默不能说。

（刘希武　译）

二十五、嫣然启齿微微笑

嫣然启齿微微笑，

把少年的魂儿牵跑。

这是不是真心的爱情？

请你对我发个誓儿！

附一：

你露出白齿儿微笑，
是正在诱惑我呀？
心中是否有热情，
请发一个誓儿！

（于道泉　译）

附二:

微笑知君欲诱谁，
两行玉齿露参差。
此时心意真相属，
可肯依前举誓词。

（曾缄　译）

附三：

微笑露瓠犀，
似有逗人意，
芳怀真不真，
请卿发盟誓。

（刘希武　译）

二十六、不期而遇的姑娘

不期而遇的姑娘，

多谢酒家阿妈的说合；

倘若出了是非和债务，

请你关照并养活她。

附一：

情人邂逅相遇，①

被当垆的女子撮合。

若出了是非或债务，

你须负担他们的生活费啊！

（于道泉　译）

---

①首句乃是藏人常说的一句成语，直译当作"情人犹如鸟同石块在露上相遇"，意思是说鸟落在某一块石头上，不是山鸟的计划，乃系天缘，以此比情人的相遇全系天缘。

附二：

飞来一对野鸳鸯，
撮合劳他贳酒娘。
但使有情成眷属，
不辞辛苦作慈航。①

（曾缄　译）

---

① 拉萨酒家撮合疾男怨女，即以酒肆作女间。

附三:

多谢当垆女,
撮合双鸳鸯,
两情苟构怨,
此责卿须当。

（刘希武　译）

二十七、心中的秘密没告诉爹娘

心中的秘密没告诉爹娘，

却给身边的情人说了，

情人还有很多情人，

我的小秘密被情人的情人听去了。

附一：

心腹话不向父母说，
却在爱人面前说了。
从爱人的许多牡鹿之间，[①]
秘密的话被仇人听去了。

（于道泉　译）

---

① 此处的牡鹿，系指女子的许多"追逐者"。

附二：

密意难为父母陈，
暗中私说与情人。
情人更向情人说，
直到仇家听得真。

（曾缄　译）

附三：

亲前道不得，
伊前尽其词，
耳边心上语，
又被情敌知。

（刘希武　译）

二十八、令人喜爱的艺卓拉玛

令人喜爱的艺卓拉玛，^①

是我好不容易捕获的，

却被地位崇高的君主，

那个讷桑嘉鲁抢走。

---

① 艺卓拉玛是藏戏《诺桑王传》里的人物，拉玛是仙女的意思。

附一:

情人艺卓拉茉,[1]
虽是被我猎人捉住的,
却被大力的长官,
讷桑嘉鲁夺去了。[2]

（于道泉　译）

---

① 此名意译当作"夺人心神的仙女"。

② 有一个故事藏在这一节里边,但是讲这个故事的书在北平找不到,我所认识的藏族人士又都不知道这个故事,所以不能将故事中的情节告诉读者。

附二：

腻婥仙人不易寻，^①

前朝遇我忽成禽。

无端又被卢桑夺，

一入侯门似海深。

（曾缄　译）

---

①腻婥拉茉，译言为夺人魂魄之神女。卢桑，人名，当时有力权贵也。藏人谓此诗有故事，未详。

附三：

美人如仙女，
娇艳自活泼，
虽为我所擒，
又被权贵夺。

（刘希武　译）

二十九、珍宝在自己手里的时候

珍宝在自己手里的时候，

常常不觉得稀奇；

可一旦珍宝归了人家，

我们往往会又气又急。

附一：

宝贝在手里的时候，

不拿它当宝贝看；

宝贝丢了的时候，

却又急得心气上涌。

（于道泉　译）

附二：

明知宝物得来难，
在手何曾作宝看。
直到一朝遗失后，
每思奇痛彻心肝。

（曾缄　译）

附三：

明珠在握时，
不作明珠看，
流落他人手，
嗟焉长遗憾。

（刘希武　译）

三十、热恋着的恋人

热恋着的恋人，

成了别人的妻子。

折磨人的单相思，

让我骨瘦形销。

附一：

爱我的爱人儿，
被别人娶去了。
心中积思成痨，
身上的肉都消瘦了。

（于道泉　译）

附二：

深怜密爱誓终身，
忽抱琵琶向别人。
自理愁肠磨病骨，
为卿憔悴欲成尘。

（曾缄　译）

附三:

情人我所欢,
今作他人友,
卧病为卿思,
清瘦如秋柳。

（刘希武　译）

三十一、情人被人骗走了

情人被人骗走了，

我只能去打卦问卜。

清纯美丽的少女啊，

从此只能在梦中出现。

附一：

情人被人偷去了，
我须求签问卜去吧。
那天真烂漫的女子，
使我梦寐不忘。

（于道泉　译）

附二：

盗过佳人便失踪，[①]

求神问卜冀重逢。

思量昔日天真处，

只有依稀一梦中。

（曾缄　译）

---

① 此盗亦复风雅，唯难乎其为失主耳。

附三：

美人失踪迹，
问卜且焚香，
可怜可憎貌，
梦寐何能忘。

（刘希武　译）

三十二、只要姑娘你在这

只要姑娘你在这，

酒就永远喝不完。

我每时每刻的希望，

全都寄托在这里。

附一:

若当垆的女子不死，^①

酒是喝不尽的。

我少年寄身之所，

的确可以住在这里。

（于道泉　译）

① 西藏的酒家多系娼家，当垆女多兼操神女生涯，或撮合痴男怨女使在酒家相会。

附二：

少年浪迹爱章台，

性命唯堪寄酒怀，

传语当垆诸女伴，

卿如不死定常来。①

（曾缄 译）

---

① 一云当垆女子未死日，杯中美酒无尽时，少年一身安所托，此间乐可常栖迟。此当垆女，当是仓央嘉措夜出便门私会之人。

附三：

当垆女不死，
酒量我无涯，
少年游荡处，
实可在伊家。

（刘希武　译）

三十三、姑娘不是妈妈生

姑娘不是妈妈生，
难道是在桃树上长大的？
不然，你对一个人的爱，
怎么会比桃花还易谢？

附一：

彼女不是母亲生的，
是桃树上长的吧！
伊对一人的爱情，
比桃花凋谢得还快呢！

（于道泉　译）

附二：

美人不是母胎生，
应是桃花树长成。
已恨桃花容易落，
落花比汝尚多情。[1]

（曾缄　译）

---

[1] 此以桃花易谢，比彼姝之情薄。

附三：

伊非慈母生，
应长桃花梢，
对我负恩情，
更比花落早。

（刘希武　译）

三十四、青梅竹马一起长大的姑娘

青梅竹马一起长大的姑娘，
难道是豺狼的后代？
虽有成堆的肉食给她，
她还是想回到山里居住。

附一:

我自小相识的爱人,

莫非是与狼同类?

狼虽有成堆的肉和皮给它,

还是预备住在上面(山上)。[①]

（于道泉　译）

[①] 这一节是一个男子以自己的财力不能买得一个女子永久的爱,怨恨女子的话。

附二：

生小从来识彼姝，
问渠家世是狼无。
成堆血肉留难住，
奔走荒山何所图。[①]

（曾缄　译）

---

① 此竟以狼况彼姝，恶其野性难驯。

附三：

美人虽相爱，
性同狼与犴，
狼犴饮食肉，
终欲还故山。

（刘希武　译）

三十五、野马要往山上跑

野马要往山上跑，
可用套索把它捉回来；
可情人一旦变了心，
任何神力也挽不回。

附一：

野马往山上跑，
可用陷阱或绳索捉住；
爱人起了反抗，
用神通力也捉拿不住。

（于道泉　译）

附二：

山头野马性难驯，

机陷犹堪制彼身。

自叹神通空具足，

不能调伏枕边人。①

（曾缄　译）

---

① 此又以野马况之。

附三：

野马驰荒山，
羁辔尚可挽，
美人变芳心，
神力不可转。

（刘希武　译）

三十六、沙石联合风暴

沙石联合风暴，

把老鹰的羽毛刮乱；

假仁假意的姑娘啊，

你让我十分心焦。

附一：

躁急和暴怒联合，
将鹰的羽毛弄乱了；
诡诈和忧虑的心思，
将我弄憔悴了。

（于道泉　译）

附二：

羽毛零乱不成衣，

深悔苍鹰一怒非。

我为忧思自憔悴，

那能无损旧腰围。①

（曾缄　译）

---

① 鹰怒则损羽毛，人忧亦亏形容，此以比拟出之。

附三：

秋鹰为暴怒，
羽毛遂凌乱，
我因常忧伤，
容颜暗偷换。

（刘希武　译）

三十七、黄边黑心的云彩

黄边黑心的云彩，
是霜雹形成的原因；
非僧非俗的沙弥，
是我佛教的敌人。

附一：

黄边黑心的浓云，

是严霜和灾雹的张本；

非僧非俗的班第，①

是我佛教法的仇敌。

（于道泉 译）

---

① "班第"，藏文为 ban-dhe。据叶式客（Yaschke）的《藏英字典》的
二义：（1）佛教僧人；（2）本波（pon po）教（即本教）出家人。本教为
西藏原始宗教，和内地的道教极相似。在西藏常和佛教互相排斥。此处 ban
dhe 似系作第二义解。

附二：

浮云内黑外边黄，
此是天寒欲雨霜，
班第貌僧心是俗，
明明末法到沧桑。

（曾缄　译）

三十八、上消下冻的地面

上消下冻的地面，

不是骑马的地方；

相识不久的情人，

不可当作交心的对象。

附一：

表面化水的冰地，
不是骑牡马的地方；
秘密爱人的面前，
不是谈心的地方。

（于道泉　译）

附二:

外虽解冻内偏凝,
骑马还防踏暗冰。
往诉不堪逢彼怒,
美人心上有层冰。[1]

（曾绒　译）

---

[1] 谓彼美外柔内刚，惴惴然常恐不当其意。

附三：

地上冰初融，
不可以驰马，
秘密爱人前，
衷情不可泄。

（刘希武　译）

三十九、十五的月亮白又圆

十五的月亮白又圆，

和她的模样好相像。

可惜那月宫里的白玉兔，

寿命不会再久长。

附一：

初六和十五日的明月，

倒是有些相似；

明月中的兔儿，

寿命却消磨尽了。①

（于道泉　译）

---

① 这一节的意义不甚明了。据于道泉看，若将这一节的第1、2两行和第42节的第1、2两行交换位置，这两节的意思，好像都要依为通顺一点。据一位西藏友人说这一节中的明月是比为政的君子，兔儿是比君子所嬖幸的小人。

附二：

弦望相看各有期，
本来一体异盈亏。
腹中顾兔消磨尽，
始是清光饱满时。

（曾缄　译）

附三：

连霄秋月明，
清寒正相似，
月中蟾兔儿，
应已消磨死。

（刘希武　译）

四十、这个月刚刚过去

这个月刚刚过去，

下个月就又要到来。

每到白月的月初，^①

我就会去和你相见。

---

① 白月：在西藏以及印度历法中，从月盈到满月称之为"白月"。

附一：

这月去了，

下月来了。

等到吉祥白月的月初，[①]

我们即可会面。[②]

（于道泉　译）

[①] 印度历法自月盈至满月谓之白月。

[②] 这一节据说是男女相约之词。

附二：

前月推移后月行，
暂时分手不须衰。
吉祥白月行看近，
又到佳期第二回。①

（曾缄　译）

---

① 藏人依天竺俗，谓月满为吉祥白月。

附三：

此月因循去，
下月奄忽来，
待到上弦夜，
携手共徘徊。

（刘希武　译）

四十一、世界最中央的须弥山

世界最中央的须弥山，[①]

请你一定要屹立不动！

这样日月围绕着你转动，

才不会迷失方向。

---

① 须弥山，佛经上认为，世界的中心是须弥山，日月星辰都围着它转动。

附一：

中间的弥卢山王，[①]

请牢稳地站着不动。

日月旋转的方向，

并没有想要走错。

（于道泉　译）

---

　　① "弥卢山王"，藏文为 ri-rgyal-lhun-po。ri-rgyal 意为 "山王"，lxunpo 意为 "积"，乃译梵文之 Meru 一字。Meru 一般多称作 Sumeru，汉文佛化中译意为 "善积"，译音有 "须弥山" "修迷楼" "苏迷卢" 等，但世人熟知的，只有 "须弥山" 一句。古代印度人以为须弥山是世界的中心，日月星辰都绕着它转。这样的思想虽也曾传入我国内地，却不像在西藏那样普遍。

附二：

须弥不动住中央，[1]
日月游行绕四方。
各驾轻车投熟路，
未须却脚叹迷阳。

（曾缄 译）

---

① 日月皆绕须弥，出佛经。

四十二、初三的明月刚刚泛白

初三的明月刚刚泛白，
向天空散发着淡淡的银光。
希望你对我发个誓言，
一定要成为那十五的月亮。

附一：

初三的明月发白，
它已尽了发白的能事，
请你对我发一个
和十五日的夜色一样的誓约。

（于道泉　译）

附二：

新月才看一线明，

气吞碧落便横行。

初三自诩清光满，

十五何来皓魄盈？^①

（曾缄　译）

---

① 讥小人小得意便志得意满。

附三：

初三月色明，
其明尽于此，
十五月更明，
卿盟类如是。

（刘希武　译）

四十三、护法的具誓金刚

护法的具誓金刚，①

高高地居住在十地法界。

假若你真有无边的神通法力，

请驱走佛教的一切敌人。

---

① 具誓金刚单坚护法是藏传佛教宁玛派的三根本护法之一，也是格鲁派密院的主要护法，据说最初莲花大师受邀来西藏的时候，单坚护法曾是当时阻挠大师到西藏的神灵之一。单坚护法有360个兄弟眷属，因此后来念诵的护法祈祷文中有"三百六十化身无穷众"的偈赞。单坚护法主要护持密法，所以在格鲁派的上下密部学院都供奉这个护法。但他同时也是一位财神，具有生财的效用。

附一：

住在十地界中的，①

有誓约的金刚护法，

若有神通和威力，

请将佛法的冤家驱逐。

（于道泉　译）

---

① 菩萨修行时所经的境界有十地：喜欢地、离垢地、发光地、焰慧地、极难胜地、现前地、远行地、不动地、善慧地、法云地。护法亦系菩萨化身，故亦在十地界中。

附二：

十地庄严住法王，
誓言诃护有金刚。
神通大力知无敌，
尽逐魔军去八荒。^①

（曾缄　译）

---

① 此赞佛之词。

四十四、快乐的杜鹃从门隅飞来

快乐的杜鹃从门隅飞来，[①]
带来了一片春天的景象；
我和相爱的人儿见面后，
全身上下充满愉悦。

---

① 门隅位于西藏山南地区南部，喜马拉雅山东南，历史上被视为神秘的地方，是仓央嘉措的家乡。

附一：

杜鹃从寞地来时，

适时的地气也来了；

我同爱人相会后，

身心都舒畅了。

（于道泉　译）

附二：

杜宇新从漠地来，
天边春色一时回。
还如意外情人至，
使我心花顷刻开。①

（曾缄　译）

---

① 藏地高寒，杜宇啼而后春至，此又以杜宇况其情人。

附三：

杜鹃归来后，
时节转清和，
我遇伊人后，
心怀慰藉多。

（刘希武　译）

四十五、关于意外和生死

关于意外和生死，
如果我们不能经常思考，
即使有绝顶的智慧，
也会活得如同傻子一样。

附一：

若不常想到无常和死，

虽有绝顶的聪明，

照理说也和呆子一样。

（于道泉　译）

附二：

不观生灭与无常，

但逐轮回向死亡。

绝顶聪明矜世智，

叹他于此总茫茫。[1]

（曾缄　译）

---

[1] 谓人不知佛法，不能观死无常，虽智实愚。

四十六、不论是虎狗还是豹狗

不论是虎狗还是豹狗，

喂熟了的狗它就不会咬人；

可家里的那只花斑母虎，①

越熟却越凶暴恶狠。

---

① 这里的花斑母虎是指家中的女人，与"唯女子与小人难养也"的意思差不多。

附一：

不论虎狗豹狗，

用香美的食物喂它就熟了；

家中多毛的母老虎，^①

熟了以后却变得更要凶恶。

（于道泉　译）

---

① "多毛的母老虎"指家中悍妇。

附二：

君看众犬吠猞猔，

饲以雏豚亦易训，

只有家中雌老虎，

愈温存处愈生嗔。[①]

（曾缄　译）

---

①此又斥之为虎，且抑虎而扬犬，读之可发一笑。

附三：

獒犬纵狰狞，
投食自亲近，
独彼河东狮，
愈亲愈忿忿。

（刘希武　译）

四十七、即便同床共枕

即便同床共枕，

也不知情人的真心；

还不如信手画上几个图形，

或许能算出天上的星星。

附一：

虽软玉似的身儿已抱惯，
却不能测知爱人心情的深浅。
只在地上画几个图形，
天上的星度却已算准。

（于道泉　译）

附二：

抱惯娇躯识重轻，
就中难测是深情。
输他一种觇星术，
星斗弥天认得清。①

（曾缄　译）

---

① 天上之繁星易测，而彼美之心难测，然既抱惯娇躯识重轻矣，而必
欲知其情之深浅，何哉？我欲知之，而彼偏不令我知之，而我弥欲知之，如
是立言，是真能勘破痴儿女心事者，此诗可谓妙文，嘉措可谓快人。

附三：

日晷置地上，
可以窥日昃，
纤腰虽抱惯，
深心不可测。

（刘希武　译）

四十八、我和恋人相会的地方

我和恋人相会的地方，

是在南门巴深深的密林里，

除了花言巧语的鹦鹉，

谁也不会知道。

喜欢多言多嘴的鹦鹉啊，

这个秘密一定不要告诉他人。

附一：

我同爱人相会的地方，

是在南方山峡黑林中，

除去会说话的鹦鹉以外，

不论谁都不知道。

会说话的鹦鹉请了，

请不要到十字路上去多话！

（于道泉　译）

附二：

郁郁南山树草繁，
还从幽处会婵娟。
知情只有闲鹦鹉，
莫向三岔路口言。①

（曾缄　译）

---

① 此野合之词。

附三：

幽会深林中，
知情唯鹦鹉，
叮咛巧鹦哥，
莫向街头语。

（刘希武　译）

四十九、各地来拉萨的人中

各地来拉萨的人中，
琼结的姑娘最迷人。[1]
和我相会的姑娘，
她的家就在琼结。

---

[1] 琼结，位于西藏自治区东南部，地处喜马拉雅山北坡，有藏王墓、松赞干布墓等重点文物。

附一：

在拉萨拥挤的人群中，
琼结人的模样俊秀。
要来我这里的爱人，
是一位琼结人哪！

（于道泉　译）

附二：

拉萨游女漫如云，

琼结佳人独秀群。

我向此中求伴侣，

最先属意便为君。①

（曾缄　译）

---

① 琼结，地名，佳丽所自出。杜少陵诗云："燕赵休矜出佳丽，后宫不拟选才人。"此适与之相反。

附三:

拉萨多名花,

有女最俊秀,

我爱即伊人,

正欲来相就。

（刘希武　译）

五十（上）、趴在门前的老黄狗

趴在门前的老黄狗，

它的心儿比人还灵活。

千万不要说我夜里出过门，

更别说我清晨才回归。

附一:

有腮胡的老黄狗,
心比人都伶俐。
不要告诉人我薄暮出去,
不要告诉人我破晓回来。

（于道泉　译）

附二：

龙钟黄犬老多髭，^①

镇日司阍仗尔才。

莫道夜深吾出去，

莫言破晓我归来。

（曾缄　译）

---

① 此黄犬当是为仓央嘉措看守便门者。

附三：

聪明老黄犬，
告密慎莫为，
薄暮我出外，
黎明我还归。

（刘希武　译）

五十（中）、深夜去和情人相会

深夜去和情人相会，

第二天早晨落满了大雪。

住在布达拉宫里的，

就是我仓央嘉措。

附一：

薄暮出去寻找爱人，
破晓下了雪了。
住在布达拉时，
是瑞晋仓央嘉措。

（于道泉　译）

附二:

为寻情侣去匆匆,

破晓归来积雪中,

就里机关谁识得,

仓央嘉措布拉宫。

（曾缄　译）

附三：

薄暮出寻艳，
清晨飞雪花，
情僧原是我，
小住布达拉。

（刘希武　译）

五十（下）、流浪在拉萨街头

流浪在拉萨街头，
我是浪子宕桑旺波。
保密也没什么用了，
足迹已经印在雪上。

附一：

在拉萨下面住时，

是浪子宕桑旺波，

秘密也无用了，

足迹已印在了雪上。[①]

（于道泉　译）

[①] 当仓央嘉措为第六代达赖时在布达拉宫正门旁边又开了一个旁门，将旁门的钥匙自己带。等到晚上守门的把正门锁了以后，他就戴上假发，扮作在家人的模样从旁出去，到拉萨民间，改名叫作宕桑旺波，去过他的花天酒地的生活。待破晓即回去将旁门锁好，将假发卸去，躺在床上装作老实人。这样好久，未被他人识破；有一次在破晓未回去以前下了大雪，回去时将足迹印在雪上。宫中的侍者早起后见有足迹从旁门直到仓央嘉措的卧室，疑有贼人进去。以后根究足迹的来源，直找到荡妇的家中；又细看足迹乃是仓央嘉措自己的。乃恍然大悟。从此这件秘密被人知道了。

附二：

夜走拉萨逐绮罗，

有名荡子是旺波。

而今秘密浑无用，

一路琼瑶足迹多。①

（曾缄　译）

---

① 此记更名宕桑旺波，游戏酒家，踏雪留痕，为执事僧识破事。

附三：

变名为荡子，
下游拉萨城，
行踪隐不住，
足迹雪中生。

（刘希武　译）

五十一、温香艳玉般的姑娘

温香艳玉般的姑娘，

和我在被中缠绵。

你会不会是虚情假意，

来骗我钱财和珠宝？

附一：

被中软玉似的人儿，

是我天真烂熳的情人。

你是否用假情假意，

要骗我少年财宝？

（于道泉　译）

附二：

玉软香温被裹身，
动人怜处是天真。
疑他别有机枢在，
巧为钱刀作笑颦。

（曾缄　译）

附三：

衾中眠软玉，
温柔实可人，
得毋卖假意，
赚我珠与银。

（刘希武　译）

五十二、我把帽子戴在头上

我把帽子戴在头上，
你把辫子甩在背后；
我说请你慢慢地走，
你说请把步儿留；
我说你心里莫难过，
你说我们很快会再聚首。

附一：

将帽子戴在头上，

将发辫抛在背后。

他说："请慢慢地走！"

他说："请慢慢地住。"①

他问："你心中是否悲伤？"

他说："不久就要相会！"②

（于道泉　译）

---

① "慢慢地走"和"慢慢地住"乃藏族人民离别时一种通常套语，犹如
汉人之"再见"。

② 这一节据说是仓央嘉措预言他要被拉藏汗掳去的事。

附二：

轻垂辫发结冠缨，
临别叮咛缓缓行，
不久与君须会合，
暂时判袂莫伤情。[1]

（曾缄　译）

---

[1] 仓央嘉措被传言夜出，有假发为世俗人装，故有垂发结缨之事。当
是与所欢相诀之词，而藏人则谓是被拉藏汗逼走之预言。

附三：

一言慢慢行，
一言君且住，
问君悲不悲，
不久还相遇。

（刘希武　译）

五十三、纯净雪白的仙鹤

纯净雪白的仙鹤，

请把你的一双翅膀借给我。

我不会远走高飞，

我只到理塘转一转就回来。

附一：

白色的野鹤啊，

请将飞的本领借我一用。

我不到远处去耽搁，

到理塘去一遭就回来。

（于道泉　译）

附二：

跨鹤高飞意壮哉，
云霄一羽雪皑皑，
此行莫恨天涯远，
咫尺理塘归去来。①

（曾缄　译）

----

① 七世达赖转生理塘，藏人谓是仓央嘉措再世，即据此诗。

附三：

求汝云间鹤，

借翼一高翔，

飞行不在远，

一度到理塘。

（刘希武　译）

五十四、在阴曹地府里

在阴曹地府里，

阎王爷有一面业镜。

在人间是非说不清，

到地府镜中善恶能分明。

附一:

死后地狱界中的,

法王有善恶业的镜子, ① ②

在这里虽没有准则,

在那里须要报应不爽, ③

让他们得胜啊! ④

（于道泉　译）

---

① "法王"有三义:（1）佛为法王;（2）护持佛法之国王为法王;（3）阎罗为法王。此处系指阎罗。

② "善恶业镜"乃冥界写取众生善恶业的镜子。

③ 这一节是仓央嘉措向阎罗说的话。

④ "让他们得胜啊", 原文为 dsa-yantu, 乃是一个梵文字。藏文字在卷终常有此字。

附二：

死后魂游地狱前，
冥王业镜正高悬。
一困阶下成禽日，
万鬼同声唱凯旋。

（曾缄　译）

五十五、一箭射中了目标

一箭射中了目标，

箭头就钻入地下；

一眼看到当年的恋人，

心儿就像箭头一样跟她去了。

附一：

卦箭中了鹄的以后，[①]
箭头钻到地里去了；
我同爱人相会以后，
心又跟着伊去了。

（于道泉　译）

---

① 系用射的以占卜吉凶的箭。

附二：

卦箭分明中鹄来，^①

箭头颠倒落尘埃。

情人一见还成鹄，

心箭如何拢得回？

（曾缄　译）

---

① 卦箭，卜巫之物，藏中喇嘛用以决疑者。此谓卦箭中鹄，有去无还，亦如此心驰逐情人，往而不返也。

附三：

弯弓射鹄的，
箭头深入地，
自我一见伊，
魂魄随裙帔。

（刘希武　译）

五十六、印度东方的美丽孔雀

印度东方的美丽孔雀，

和工布谷底的伶俐鹦鹉，

尽管出生地大不一样，

都一同聚集在法轮拉萨。

附一：

印度东方的孔雀，
工布谷底的鹦鹉，
生地各各不同，
聚处在法轮拉萨。

（于道泉　译）

注："法轮"乃拉萨别号，犹如以前的北京称为"首善之区"。

附二：

孔雀多生印度东，
娇鹦工布产偏丰。
二禽相去当千里，
同在拉萨一市中。

（曾缄　译）

附三：

印度有孔雀，

工布出鹦鹉，

本来异地生，

拉萨同聚处。

（刘希武　译）

五十七、人们背后说我的闲话

人们背后说我的闲话，
我承认七八不离十。
我那少年的快捷步伐，
多次走进女店主的家。

附一：

人们说我的话，

我心中承认是对的。

我少年琐碎的脚步，

曾到女店东家里去过。①

（于道泉　译）

---

① 据说这一节是仓央嘉措的秘密被人晓是了以后，有许多人背地里议论他，他听到以后暗中承认的话。

附二：

行事曾叫众口哗，

本来白璧有微瑕。

少年琐碎零星步，

曾到拉萨卖酒家。

（曾缄　译）

附三：

人言皆非真，
訾我我何怨，
行迹素风流，
实过女郎店。

（刘希武　译）

五十八、就像柳树爱上了小鸟

就像柳树爱上了小鸟，

也如小鸟爱上了柳树。

只要两个人情投意合，

鹞鹰是没有缝隙可入的。

附一：

柳树爱上了小鸟，
小鸟爱上了柳树。
若两人爱情和谐，
鹰即无隙可乘。

（于道泉　译）

附二:

鸟对垂杨似有情,

垂杨亦爱鸟轻盈。

若叫树鸟长如此,

伺隙苍鹰那得撄?[1]

（曾缄　译）

---

[1] 虽两情缱绻,而事机不密,亦足致败,仓央嘉措于此似不远噬脐之悔。

附三：

小鸟恋垂杨，

垂杨亲小鸟，

但愿两相谐，

苍鹰何足道。

（刘希武　译）

五十九、在我这短短的人生中

在我这短短的人生中，

感谢你如此这样高看我。

不知道下辈子童年的时候，

我们能不能接续前缘。

附一：

在极短的今生之中，
邀得了这些宠幸；
在来生童年的时候，
看是否能再相逢。

（于道泉　译）

附二：

结尽同心缔尽缘，

此生虽短意缠绵。

与卿再世相逢日，

玉树临风一少年。

（曾缄　译）

附三：

余生虽云短，

承恩受宠多，

来生再年少，

所遇复如何。

（刘希武　译）

六十、那个能言善辩的鹦鹉

那个能言善辩的鹦鹉,

请闭上你饶舌的嘴吧。

柳林里的那只画眉姐姐,

她要给我唱一首悠扬的歌儿。

附一：

会说话的鹦鹉儿，

请你不要作声。

柳林里的画眉姐姐，

要唱一曲好听的调儿。

（于道泉　译）

附二：

吩咐林中解语莺，
辩才虽好且休鸣。
画眉托姊垂杨畔，
我要听他唱一声。

（曾缄　译）

注：时必有以不入耳之言，强聒于仓央嘉措之前者。

附三：

能言小鹦哥，
君言暂结束，
柳上黄莺儿，
正欲歌清曲。

（刘希武　译）

六十一、身后那条暴戾的龙

身后那条暴戾的龙，

一点也没有啥可怕；

身前的那个甜美的苹果，

我一定要摘下它来。

附一：

后面凶恶的龙魔，①

不论怎样利害；

前面树上的苹果，

我必须摘一个吃。②

（于道泉　译）

---

① 西藏传说中有两种龙：一种叫作 klu，读作"卢"，是有神通，能兴云作雨，也能害人的灵物。一种叫作 hbrug，读作"朱"，是夏出冬伏，只能随同 klu 行雨，无甚本领，而也与人无害的一种动物。藏族人民通常都以为下雨时的雷声即系 hbtug 的鸣声，所以"雷"在藏文中叫作 hbrug-skad。klu 常住在水中，或树上。若住在水中他的附近就常有上半身作女子身等等的怪鱼出现。若是有人误在他的住处捕鱼或抛弃不干净的东西，他就使那人生病。他若在树上住时，永远是住在女树（mo-Shing）上。依西藏传说，树也分男女，凡结鲜艳的果子的树是女树。因为他有神通。所以他住在树上时我们的肉眼看不见他。不过若是树上住着一个 klu，人只可拾取落在地下的果子，若是摘树上的果子吃，就得风湿等病，所以风湿在藏文中叫 klu 病（Klu-nad）。

② 这一节是荡子的话。枝上的苹果是指荡子意中的女子。后面的毒龙是指女子家中的父亲或丈夫。

附二：

纵使龙魔逐我来，
张牙舞爪欲为灾。
眼前苹果终须吃，
大胆将他摘一枚。[1]

（曾缄　译）

---

[1] 龙魔谓强暴，苹果喻佳人，此大有见义不为无勇之慨。

附三：

毒龙在我后，
虽猛我不畏，
苹果正当前，
摘下且尝味。

（刘希武　译）

六十二、第一最好不相见

第一最好不相见，

如此就可不相恋。

第二最好不相知，

如此便可不相思。

附一：

第一最好是不相见，

如此便可不至相恋；

第二最好是不相识，

如此便可不用相思。

（于道泉　译）

注：这一节据藏族学者说应该放在二十九节以后。

附二：

但曾相见便相知，
相见何如不见时。
安得与君相决绝，
免教辛苦作相思。[1]

（曾缄　译）

---

[1] 强作解脱语，愈解脱，愈缠绵，以此作结，悠然不尽。或云当移在三十九首后，则索然矣。

附三:

最好不相见,

免我常相恋,

最好不相知,

免我常相思。

（刘希武　译）

六十三、不要告诉别人

不要告诉别人，

持明仓央嘉措去会情人了！

他其实想要的，

和大家没有什么区别。

六十四、有只瑰丽的杜鹃

有只瑰丽的杜鹃，

飞停在香柏树枝上。

什么都不要多讲，

说句最好听的就好！

六十五、桑耶那儿的白雄鸡

桑耶那儿的白雄鸡，[①]
请你不要提前啼叫。
我和心心相印的恋人，
心里话儿还没说完。

---

①桑耶，旧宗名，也作桑伊，藏文音译，意为无边，不可想象。桑耶在今西藏山南地区扎囊县境内的桑伊区一带，得名于墀松德赞时建的桑耶寺。桑耶当时为西藏地方政府所辖的43个普通宗之一，宗本由六品官担任。

六十六、喝一杯没有醉

喝一杯没有醉，

再喝一杯还没有醉！

我的爱人来劝酒，

一杯就会让我烂醉如泥。

六十七、在一群人之中

在一群人之中，
千万别透露我们的秘密。
我俩心中的情谊，
请用眉目来传送。

六十八、你的佛身是金和铜

你的佛身是金和铜，

我的神像是泥和土。

虽然都在一个佛堂里，

你和我还是不一样。

六十九、你看我羸弱的面庞

你看我羸弱的面庞，

那是相思引起的病。

我现在已形销骨立，

请一百个医生也治不好。

七十、恋爱的时候

恋爱的时候，

请不要把情话说满。

口渴的时候，

请不要把一池子的水喝干。

一旦事情发生变化，

到时候再后悔已来不及了。

七十一、在那密密的柳林深处

在那密密的柳林深处，

我俩说着思念的话儿。

除了远处的那只画眉鸟儿，

不会有任何人知道。

七十二、花儿盛开了就快谢

花儿盛开了就快谢，
情侣爱久了就会变老。
我和那只金色的蜜蜂，
从此不再是朋友了！

七十三、摇摆不定的人儿

摇摆不定的人儿，
如同那残败的花儿。
看上去婀娜多姿，
实际上百无一用。

七十四、我和瑰丽的情人

我和瑰丽的情人，
情深意绵爱不尽。
快到上山修行的日子，
却把行期一推再推。

七十五、骏马飞驰得过早

骏马飞驰得过早，

常常来不及收拢缰绳。

情人间知心话说过了头，

缘分很可能延续不了。

七十六、面对那高高的白鹭山

面对那高高的白鹭山，

我们一步步朝上行走。

从雪山顶上融化的水儿，

在海子里与我相逢。[①]

---

① 海子：在藏语里是沙漠中的小湖泊的意思。在西藏，人们把比较大的、一望无际的湖泊认为是海，叫它"措"，后来，大家知道那些湖泊并不是海而是湖，所以，措就演变成了"湖"的意思。北京的中南海、北海也是这个意思。

七十七、在一百棵大树里

在一百棵大树里，

我选中了这棵大柳树。

年少的我哪里知道，

这棵大柳树的树心早已腐烂。

七十八、河水静静地流淌

河水静静地流淌，
是让水中的鱼儿们放松。
鱼儿们放下心来了，
才会在幸福中快乐游动！

七十九、山上的草坝子金黄了

山上的草坝子金黄了，
山下的树叶子枯败了。
机灵的杜鹃就像那燕子，
飞到我的故乡门隅好不好？

八十、有个会说话的鹦鹉

有个会说话的鹦鹉，

从工布飞到了我身边。

我那心爱的人儿，

你是否幸福吉祥？

八十一、从你身边离开时

从你身边离开时，

我给你抛了一个多情的秋波。

请你灿烂地对我微笑，

永远像昨天一样对我好。

八十二、叫春的布谷鸟儿

叫春的布谷鸟儿，

什么时候会飞到门隅？

给我心爱的美丽姑娘，

带去三声温柔的问候！

八十三、东边的工布巴拉

东边的工布巴拉，[①]

再高我一点也不害怕。

心儿跟着心中的恋人，

就像那骏马在飞奔。

---

① 巴拉，是音译词。同类词有"香巴拉"，"香巴拉"又译为"香格里拉"。这里，仓央嘉措认为，恋人所在的工布，正如佛教中神话世界的香巴拉一样，香巴拉是佛教界的"极乐园"，工布巴拉是他自己的"极乐园"。

八十四、用一颗贪嗔的心

用一颗贪嗔的心，^①

累积人世间那些虚妄的钱财。

自从遇到白洁无瑕的恋人，

贪无止境的结儿自己打开了！

---

① 贪嗔，佛教语，谓贪欲与嗔恚。

八十五、我与红嘴乌鸦在一起

我与红嘴乌鸦在一起，①
即使没事也会兴起风波。
你和鹞子鹰隼在一起，
即使有事也没有人敢于言说。

---

① 红嘴乌鸦在藏族群众心中是神鸟，是吉祥的象征。

八十六、即便河水再深

即便河水再深，

也能捕到鱼儿。

可身边恋人所想，

我常常难以揣摩。

八十七、黑业白业的种子

黑业白业的种子，

即使在没人知道时种下。

可果实却隐瞒不了人们眼睛，

因它一天比一天成熟。

八十八、南来北往的风啊

南来北往的风啊，

你是从什么地方飞来？

东奔西走的风啊，

一定是从我的家乡吹来。

我那从小一起长大的恋人啊，

风儿有没有把你带来？

八十九、在那高高的西山顶上

在那高高的西山顶上，

有一朵朵白云在随风飘荡。

远方那位可爱的姑娘意增旺姆，

有没有为我点燃起缭绕的神香？

九十、水和乳终于相融一起了

水和乳终于相融一起了，
金龟也能分别清楚了。
我和情人缠绵在一起，
谁能看出哪个是我哪个是她？

九十一、我的心像那洁白的哈达

我的心像那洁白的哈达，
没有一点斑斑和点点。
人的心是善良还是凶狠，
全由你自己内心决定。

九十二、我的心像热烈的云彩飘向你

我的心像热烈的云彩飘向你，
透出的是款款依恋和赤诚。
你的心像寒冬的凉风吹响我，
阵阵寒意也像那一片片黑云。

九十三、蜂儿飞来得早了点

蜂儿飞来得早了点，
花儿盛开得迟了点。
缘分浅浅的恋人啊，
相逢得不是时候。

九十四、倘若有人穿上金黄的袈裟

倘若有人穿上金黄的袈裟，

就能成为笃信的佛徒，

那么，漂在湖水上的野黄鸭，

是不是也能普度众生？

九十五、不要害怕江河的宽阔

不要害怕江河的宽阔，

会有船夫为你去除忧愁。

可情人远离你的痛苦，

是没有人能够为你分担的。

九十六、心驰神往的地方

心驰神往的地方，

毛驴也会比马跑得快。

这边马儿还没有备鞍，

那边毛驴已经开始上路。

九十七、那只金黄色蜂儿的心中

那只金黄色蜂儿的心中，

到底在想什么？

那棵青苗的心中，

只盼着甘霖和雨露。

九十八、故乡在那遥远的地方

故乡在那遥远的地方，

爹娘在那遥远的地方，

这一切都没有必要暗自神伤。

恋人就如同自己的亲娘，

那个像母亲一样的恋人，

早晚会来到你的身旁。

九十九、那棵低矮的桃树枝上

那棵低矮的桃树枝上，

长满了娇艳欲滴的花儿。

快对我发个誓吧，

长出一颗硕大的桃儿。

一百、撩人的桃花眼像一对弯弓

撩人的桃花眼像一对弯弓，

密密的情丝像支支利箭，

发出的秋波一下子就射进了，

我犹如乱鹿的少年心。

一百〇一、到那座山的右边

到那座山的右边，

采摘了一束束瞿麦。①

为的是告诉人们，

别对我和姑娘乱猜。

---

① 瞿麦：一种高 50—60 厘米的多年生草本植物，花较大，直径 4.5—5 厘米，生长于海拔 2100—3200 米的高山林缘路旁、林间空地、山坡草丛及河岸。

一百〇二、马头静静地在船头观察

马头静静地在船头观察，

五彩旗幡在山顶上迎着风高高飘扬。

我的情人你千万不要悲伤，

或许是我俩的缘分到了尽头。

一百〇三、站在东山上看时

站在东山上看时，
似乎是一只小鹿，
站到西山上再看，
原来是一只瘸脚的黄羊。

一百〇四、那座山上有只神鸟般的松鸡

那座山上有只神鸟般的松鸡，

这座山上有只叫声清脆的小鸟画眉。

隔着山与山之间的沟壑和浓雾，

两只鸟儿之间没了缘分。

一百〇五、别像牵着骏马那样

别像牵着骏马那样，

紧紧地拉着我和你的情缘。

要像对漫山放养的羊儿那样，

让羊儿逍遥自在地在花间流连。

一百〇六、白天看你仪态万方

白天看你仪态万方，

夜里见你馨香四溢。

我最爱的姑娘啊，

比鲁顶的花儿更为艳丽。①

<hr />

① 鲁顶，可能是一座小山名或者是山上花园的名字。

一百〇七、江水向下游静静地流淌

江水向下游静静地流淌，
总会流经到工布那里。
春天的使者杜鹃鸟啊，
没必要哀痛忧伤。

一百〇八、白睡莲散发出银色的光

白睡莲散发出银色的光，

照耀着朗朗乾坤。

水晶般的莲花开在绿色的茎上，

莲蓬子高高地长在顶上。

只有那鹦鹉哥哥，

默默地陪伴在你身旁。

一百〇九、倘若我向上师问道

倘若我向上师问道，

他一定会欣然地给予指教。

可那从小和我一起长大的女孩子，

从来不和我讲真心话儿。

一百一十、硬壳核桃砸着能吃到

硬壳核桃砸着能吃到，

清脆桃子咬着能吃饱。

可那还没有长熟的青苹果，

却会酸掉满嘴的牙齿。

误为仓央嘉措作品的诗

之一：信徒

那一天
我闭目在经殿香雾中
蓦然听见　你颂经中的真言

那一月
我摇动所有的经筒
不为超度　只为触摸你的指尖

那一年
我磕长头匍匐在山路
不为觐见　只为贴着你的温暖

那一世
我转山转水转佛塔啊
不为修来生　只为途中与你相见

注：此诗是根据朱哲琴所唱《信徒》一歌的歌词改写，原词作者为何训田。

之二：十诚诗

第一最好不相见，如此便可不相恋。

第二最好不相知，如此便可不相思。

第三最好不相伴，如此便可不相欠。

第四最好不相惜，如此便可不相忆。

第五最好不相爱，如此便可不相弃。

第六最好不相对，如此便可不相会。

第七最好不相误，如此便可不相负。

第八最好不相许，如此便可不相续。

第九最好不相依，如此便可不相偎。

第十最好不相遇，如此便可不相聚。

但曾相见便相知，相见何如不见时。

安得与君相决绝，免教生死作相思。

《十戒诗》实际上是在于道泉译本中"第一""第二"之后的自由发挥，是喜爱仓央嘉措的人们把集体的智慧按在他身上的。

之三：见与不见

你见，或者不见我
我就在那里
不悲不喜

你念，或者不念我

情就在那里
不来不去

你爱，或者不爱我
爱就在那里
不增不减

你跟，或者不跟我
我的手就在你手里
不弃不离

来我的怀里
或者
让我住进你的心里
默然　相爱
寂静　欢喜

　　这首诗也不是仓央嘉措的作品，它的作者是扎西拉姆·多多。多多原名为谈笑靖，这首诗的原名为《班扎古鲁白玛的沉默》，诗歌所写的实际上是上师对弟子的关爱，后来被大家解读为情诗。

　　班扎古鲁白玛其实是梵文的音译，意为金刚上师白莲花，即指莲花生大师，他是第一个将佛法传入西藏的人，被认为是第二个佛陀，其心咒为"嗡阿吽，班扎古鲁，白玛悉地吽"。据说这首诗的灵感起源于莲花生大师的一段话："我从未离弃信仰我的人，或甚至不信我的人，虽然他们看不见我。我的孩子们，将会永远受到我慈悲心的护卫。"

之四：在看得见你的地方

在看得见你的地方，
我的眼睛和你在一起。
在看不见你的地方，
我的心和你在一起。

之五：信徒

那一夜，我听了一宿梵唱，不为参悟，只为寻你的一丝气息。
那一月，我转过所有经轮，不为超度，只为触摸你的指纹。
那一年，我磕长头拥抱尘埃，不为朝佛，只为贴着你的温暖。
那一世，我翻遍十万大山，不为修来世，只为路中能与你相遇。
那一瞬，我飞升成仙，不为长生，只为保佑你平安喜乐。

那一天，闭目在经殿香雾中，蓦然听见你颂经中的真言。
那一月，我摇动所有的转经筒，不为超度，只为触摸你的指尖。
那一年，磕长头匍匐在山路，不为觐见，只为贴着你的温暖。
那一世，转山转水转佛塔啊，不为修来生，只为途中与你相见。

那一刻，我升起风马，不为祈福，只为守候你的到来。
那一日，我垒起玛尼堆，不为修德，只为投下心湖的石子。
那一月，我摇动所有的经筒，不为超度，只为触摸你的指尖。
那一年，我磕长头在山路，不为觐见，只为贴着你的温暖。
那一世，转山不为轮回，只为途中与你相见。

注：此为朱哲琴所唱《信徒》改编的另一个版本，也流传甚广。